Sister & Vampire

5

Akatsuki

Sister & Vampire

5

Inhalt

Sister & Vampire

Kapitel 29

Raschel

Du gehst heute aber ganz schön ran, Schwester.

Dann sehe ich das eben als kleiner Picknick-ausflug.

Grins

Na gut.

Eine Sackgasse!

Dodomm

Er ist sicher erschöpft.

...

Raschel

Ke he ...

... aber ohne ein Zuhause kann sich Richter nirgendwo richtig ausruhen.

Seine Wunden sind zwar verheilt ...

»Es gab keinen Ort, wo ich ein Nest bauen konnte.«

Was ist?

Wo finden wir nur ein neues Zuhause?

Flapp
ばっち

Schüttel
ばさ
Du bist bestimmt er- schöpft! Wollen wir uns kurz ausruhen?!
Schüttel
ばさ
Alicia hat mir reichlich Proviant mit- gegeben!
Badumm
どっくん
Wa... Was ist mit mir los?
Wenn ich Richter ansehe ...
... be- komme ich Herz- klopfen!
Badumm
どっくん
Stimmt.
Ich bin wirklich etwas er- schöpft.

11

Schlp
Schlrrrp
Zuck
!!
Schlrp
!!!
Zuck
Schmatz
Ah ...
Ah ...
Warum ... ?
Zuck
Warum ... ?!
Ah ...
Mmh ...
Zuck

Frage-und-Antwort-Spiel beim Beichten (oder: Ein kleiner Scherz am Rande)

Frage: Ganz schön dumm, sich zu verlaufen, oder?

Hmm ... Du hast dich also verlaufen, Schwester?

Dabei hast du mir doch so selbstbewusst Anweisungen erteilt.

Verlaufen?

Also ...

Ähm ...

Zappel Zappel

Frage: Hättest du ihn nicht mit dem Kruzifix verbrennen können, statt seine Hand wegzuschlagen?

Na gut ... Wenn du unbedingt willst, dass ich dir näherkomme ...

Kyaah!

Die Kette war nicht lang genug.

Ah!

Zieh

Oh!

Zu kurz!

18

Und es kommt noch besser.

Fiep

Das beweist nur, dass es hier viel Magie gibt.

Man kann ein Nest nur an Orten mit viel Magie bauen, also eignet sich dieses Anwesen hervorragend.

In diesem Haus lebt ...

... kein Mensch.

Raschel

Bamm

Hier ...

... muss erst mal geputzt werden.

Öhö

Öhö

Öhö

Will Richter wirklich hier leben?

...

Das muss für heute reichen.

Flomp

...

Das Aphrodisiakum wirkt immer noch.

Ugh!

Flapp

Richter
...

Richter
...

Hi hi
...

Richter.

Bitte
...

Sst ...

»Ich beschütze Sie.«

... lassen Sie mich ...

Bitte ...

... Ihr Andenken beschützen ...

Fwopp

Das tut gut.

Ah ...

Er ab-sorbiert die Ma-gie?!

Zumm

... saugt alles auf.

Mein ver-trock-neter ...

... Kör-per ...

Fiep

Fiep

Fwomp

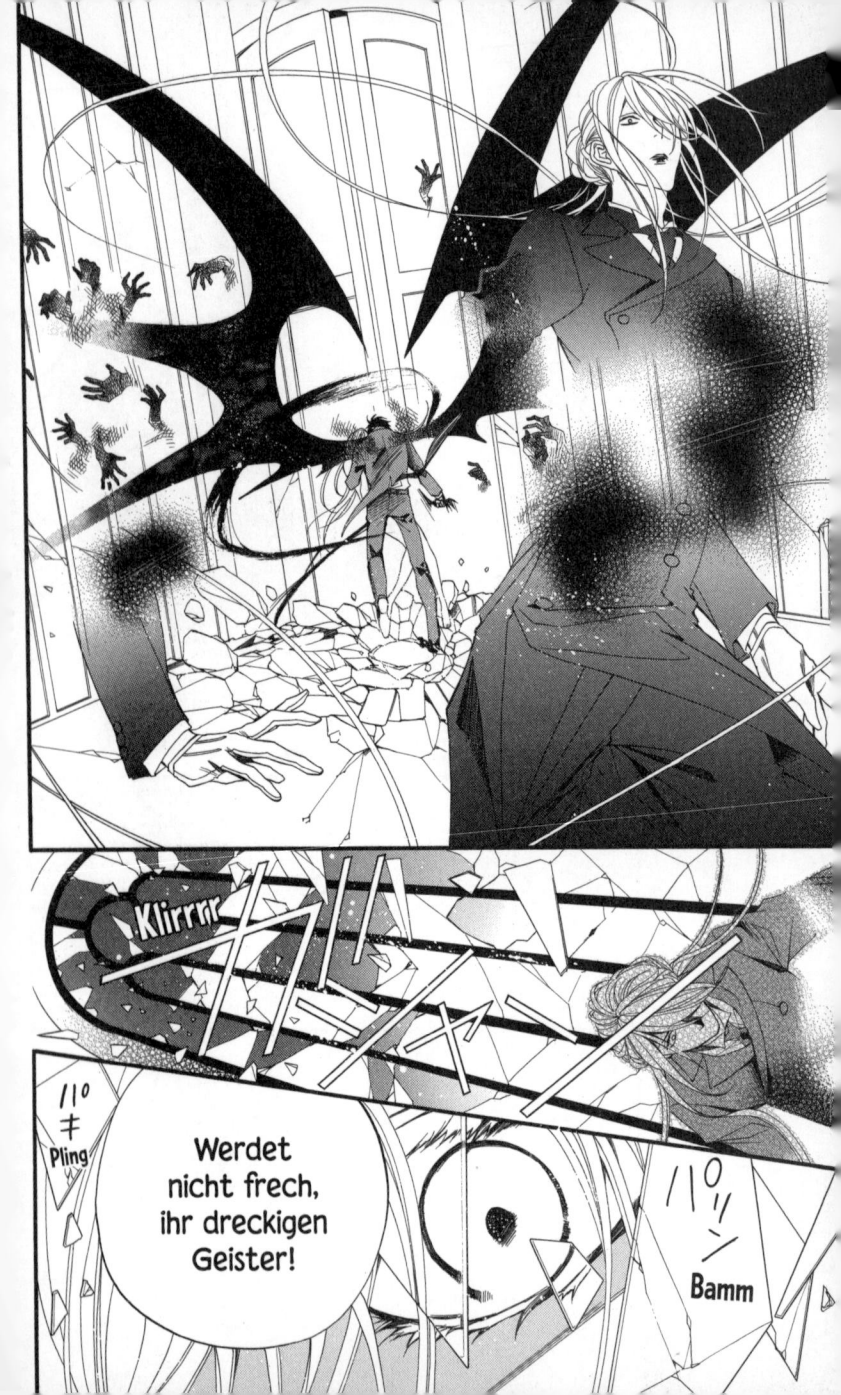

Hey.

Das gilt für Leben=de....

Ich kann niemanden im Stich lassen, der leidet.

... genauso wie für Tote.

Ich bin eine Ordens-schwes-ter.

Wieso leben Sie in diesem Haus?

Wie ... heißen Sie?

コ **Tack**
"ル

コ **Tack**
"ル

Kapitel 32

Das ist doch selbstverständlich. Ich kann dich ja nicht barfuß durchs Haus laufen lassen.

Tut mir leid, dass du mich tragen musst.

も **Raschel**
そ"ル

Vielen Dank.

!

Ich ziehe sie sofort an.

Was machen die hier?

...

Da sind deine Kleider.

Warum bin ich überhaupt nackt?

Ein Geist.

»Wenn ein Mensch auch nach seinem Tod von einem starken Gefühl in dieser Welt festgehalten wird, wird er zum Geist.«

Wie ich ...

... heiße?

Hat dieser Mann mir die Kleidung ausgezogen?

Dieser Mann ...

»Ich mache aus dir ein Spielzeug der Geister.«

Was?

Jetzt mach schon.

Kriee

Zuck

ひ/くっ

Erna.

Komm her!

Oh! Tut mir leid!

Wupp

はわわ

Domp

Komm endlich her!

Tock

Tock

Ver...

Er duldet keine Wider-rede.

ちょこん *Flomp*

Verzeihung ...

Pack

Tut mir leid! Ich bin dir zu nah gekommen!

T...

Wo sitzt du denn?

So.

Vielen
Dank.

Du
bist noch
genauso
liebevoll
....

... wie
bei unse-
rem ersten
Treffen!

Lass mich bitte mit ihm reden!

Naiv wie immer.

Hah

Wirklich!

Du hast gesagt, er wisse nicht mehr, wer er ist, aber das glaube ich nicht.

Was?

... konnte ich in sein Herz sehen.

Als er mich gefangen genommen hat ...

Kapitel 33

Das war mal wieder eine Glanzleistung, Schwester.

Aaaaaaah!!

Fwoooh

Magie!

Schnapp

Schnapp

Eine Frau!

Ah!

Du bist ein gefundenes Fressen für sie.

Kannst du dir jetzt vorstellen, was passiert, wenn dich dieser Abschaum in die Finger bekommt?

Bamm

Aah!

Du hast mein tristes Dasein nach dem Tod meines Mannes ...

... noch einmal ...

... aufgehellt.

Diese Frau ist ...

Das ist wohl einer der Geister.

Er war ein guter Mensch.

Er unterscheidet sich von dem restlichen Abschaum.

Sie ist nur ein Geist voller Begierde, genauso wie er. Sie können dich beide nicht hören ...

Bitte seien Sie nicht mehr traurig.

Gott vergibt Ihnen.

Es tut mir leid.

... weil sie von dem Wunsch besessen sind, die Zeit zurückzudrehen.

Nein!

Hören Sie mir zu!

Es ist zwecklos.

Ich will zurück.

Ich hätte damals sterben sollen.

Ich bin mir sicher ...

... haben mir gezeigt, was für ein Mensch dieser Mann wirklich ist.

Ihre Erinnerungen ...

Wenn ich ihn bei seinem Namen rufe ...

Er ...

Als ich ihn vorhin nach seinem Namen gefragt habe, ist er für einen kurzen Moment zur Besinnung gekommen.

Ke he

Seinen Namen?

...
leidet
...

...
immer noch?

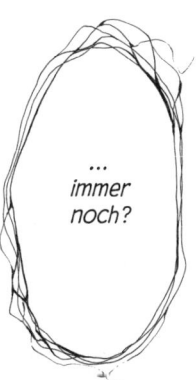

Krrck

Klirrrr

Kapitel 34

... be-
schütze
Sie.«

»Ich ...

Lieber
Gott
...

... be-
schütze
ihn!

Be-
schüt-
zen ...

Sein
Bewusst-
sein wird
verschlun-
gen.

Zuzumm

Wer ...?

Fwapp

Zümm

Zümm

Brzz

Was?

Zümm

Wer ...

... bin
ich?

Sie sind Lawrence.

Sie möchten ...

... dieses Anwesen und all die Erinnerungen Ihrer Herrin beschützen.

Law-
rence!

Mein Mann hat diesen Garten gehegt und gepflegt.

Aber meinetwegen kannst du bleiben. Du gefällst mir.

... dass er mir damit ein so wunderbares Geschenk machen wollte.

Mir war jedoch nie bewusst ...

»Die Kinder haben dich bestimmt nur eingestellt, um mir mein Anwesen wegzunehmen.«

Dank dir weiß ich es jetzt.

Danke.

... der Diener ...

... der Hausherrin.

Ich ...

... bin Lawrence ...

Ich will den Garten zusammen mit dir betrachten.

Komm zu mir.

Lawrence.

Ich muss zugeben, dass du ein hervorragender Gärtner bist.

Sie haben mich so glücklich gemacht.

Ich will Sie be-schüt-zen ...

... auch wenn es mich ...

... mein Leben kostet.

Kapitel 35

... aus einem ...

Fwah

Ich ... ... bin ...

Law- rence ...?

...

... langen Traum er- wacht.

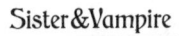
Sister & Vampire

Ähm ...
Geht es Ihnen wieder gut?

Ja.

Nach alldem ...

Alles-fres-ser?

Ha ha

Ha ha

Es ist eine Schande, dass sich die Alles-fresser am Ende gegen mich ge-wendet haben.

Er ist durch-sichtig.

Öffne deine Augen!

Verzeih mir, Lawrence.

Lass mich nicht allein.

»Das Anwesen ist verflucht!«

Ich habe gelebt, um sie zu beschützen.

Als ich die Stimme meiner Herrin gehört habe, bin ich wieder zu Sinnen gekommen.

Ich wollte nicht zulassen, dass jemand dieses Anwesen stiehlt.

Doch ich habe nicht lange durchgehalten.

Ich wollte es um jeden Preis beschützen.

... und mein Bewusstsein wird trüb. aber ich darf noch nicht verschwinden!

Ich möchte meine Herrin beschützen.

Zuck

Menschen essen andere Lebewesen. um zu überleben.

Waber

Vielleicht gilt dasselbe auch für Geister?

Waber

Mein Körper verfällt

Ich war ein Dummkopf.

Wie konnte ich den Menschen vergessen, den ich um jeden Preis beschützen wollte?

Poff

Lawrence?

Wir haben uns lange nicht gesehen.

Ich bin so tief gesunken, dass ich sogar Ihre Seele verschlungen habe.

Gnädige Frau!

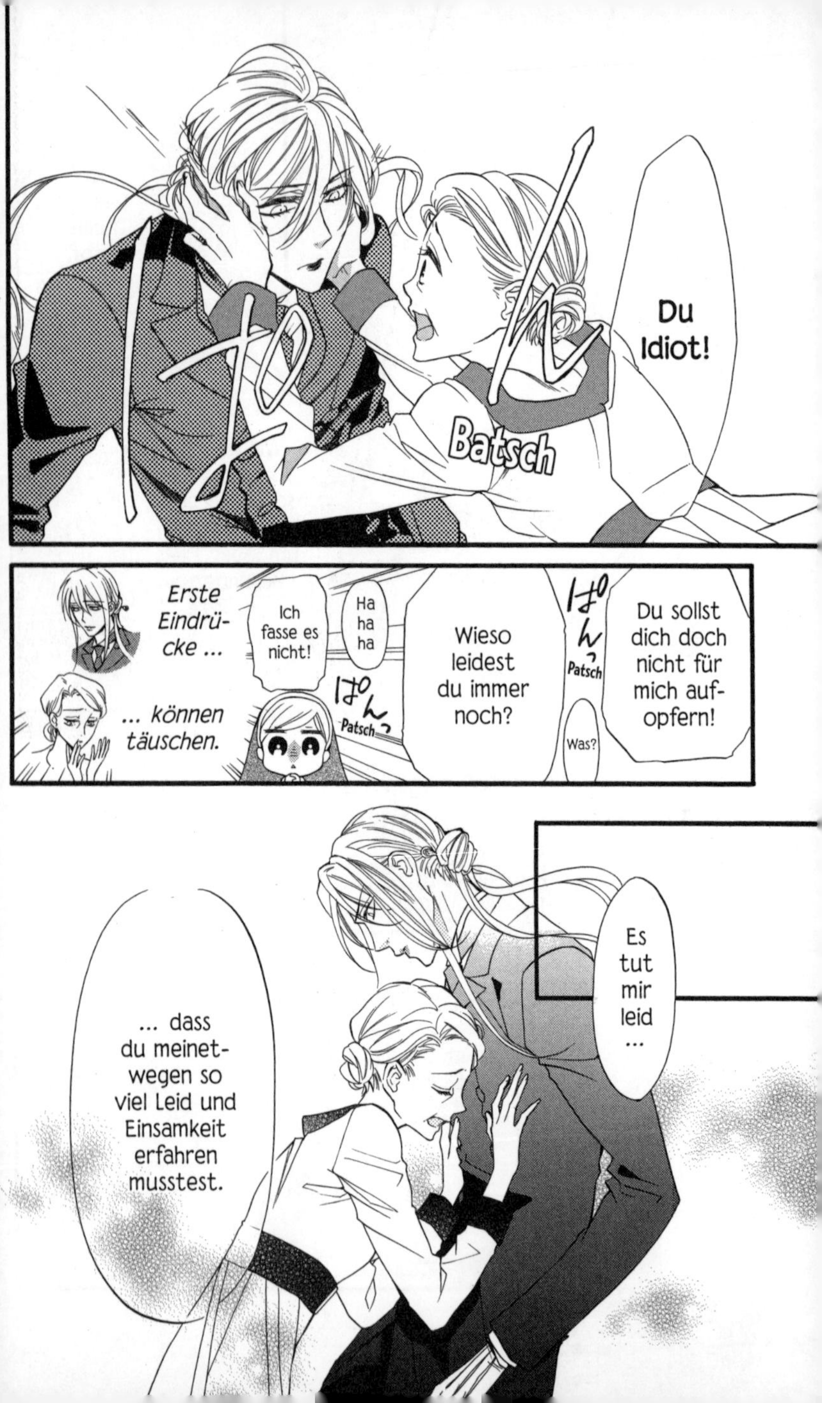

Du
Idiot!

Batsch

Erste Eindrü-cke ...

Ich fasse es nicht!

Ha ha ha

Wieso leidest du immer noch?

Patsch?

Du sollst dich doch nicht für mich aufopfern!

Patsch?

Was?

... können täuschen.

Es tut mir leid ...

... dass du meinetwegen so viel Leid und Einsamkeit erfahren musstest.

?!

Das heißt ...

Tack

... wir können das Anwesen haben.

Mit den ganzen Geistern hättest du dich deiner Lust nicht vollständig hingeben können.

Es hat sich also doch gelohnt, das Haus von diesen nutzlosen Geistern zu säubern.

Was redest du denn da, Richter?!

Wolltest du den beiden nicht helfen?

Also musste ich diese lästige Aufgabe erledigen.

Wie ich dich kenne, hätte dich ihre Anwesenheit gehemmt.

Ke he

Und Lawrence ...

Die Herrin dieses Hauses wurde jahrelang von Reue geplagt.

Entschuldige dich sofort bei den beiden! Was du da sagst, ist sehr unhöflich!

ほろ
Tropf
Tropf
ほろ

Sie hatte nur Lawrence' Wohl im Sinn!

Mir doch egal.

... hat für das Glück seiner Herrin gebetet ...
... einsam und allein.

Er hat sein Versprechen gehalten, obwohl er sich dabei fast selbst verloren hätte.

Ich gestatte es nicht, dass jemand meine Herrin beleidigt.

Entschuldige dich sofort!

Zuck

Was soll das, Richter?!

Wie lange wollt ihr euch noch an dieses Leben klammern? Verschwindet endlich ...

... ihr verdammten Geister!

Wenn sich hier einer entschuldigen muss, dann ja wohl du, unfähiger Trottel!

Grr

Und welcher Trottel hat sich einfach so seine Magie von mir aussaugen lassen?

Ach ja?

Zuck

Ich halte sie auf.

Sonst fresse ich euch womöglich wirklich auf.

Brzz

Uuh ...

Ich zerstöre meinen Körper ...

... bevor sie vollständig Besitz von mir ergreifen.

Was?!

... deshalb beschütze ich euch.

Ich stehe in eurer Schuld ...

Whooooh

Law...

...ren-
ce?

Riesel
パラ

Riesel
パラ

Das
heißt
...

... du
...

... bittest
mich dir zu
helfen?

Hah!

Nein,
nein.

Hast du
das ernst
gemeint?

Du hast
mich gera-
de darum
gebeten, uns
beschützen
zu dürfen.

Bitte beschütze sie.

Ja. Wenn die Zeit reif ist, komme ich wieder zu Ihnen.

Ich warte auf dich.

Lieber Gott.

Vielen Dank ...

... gnädige Frau.

Sister & Vampire

Hah
Ich habe mich ...
Hah
... beim Austreiben der Geister ganz schön verausgabt.
Dafür habe ich eine Belohnung verdient, oder?

Kapitel 37

Die vielen Wünsche, die in diesem Haus eingesperrt waren, wurden freigelassen.

Was für eine wunderbare Belohnung.

... und Lawrence ...

»Vielen Dank, gnädige Frau.«

Die Hausherrin befindet sich nun im Reich Gottes ...

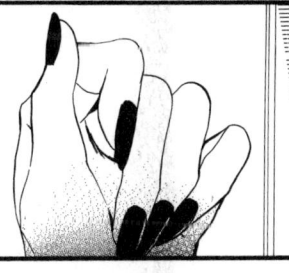

... dient Richter.

Wie geht es dir?

Klopf Klopf

... oder Heilkräuter?

Braucht sie vielleicht Verbandszeug ...

Klopf Klopf

Kratz Kratz

Du meintest, die Schwester würde dich pflegen.

Ich mag dich zwar nicht ...

Zuck

Er scheint nicht zu verstehen, was »pflegen« bedeutet.

Flüster

Ich weiß nicht, ob normale Medikamente bei Vampiren wirken ...

Dadamm

... also helfe ich beim Gesundpflegen.

Klack

... aber ...

... ich habe geschworen, dir zu dienen ...

Das hier ist eine gute Gelegenheit, um meinen Meister ...

... und die Gewohnheiten von euch Vampiren besser kennenzulernen.

Wie bitte?

Dank der magischen Kraft, die ich dir ausgesaugt habe ...

Ich kann jetzt auch Dinge berühren.

... konnte ich die restlichen Geister vollkommen unter meine Kontrolle bringen.

Schwester ...

Schlrrp

す
る
Sst ...

Mmh
...

Zupp

!

Ah
...

Tropf

Hramm

Schlrrrp

Lieber
Gott
...

Kyah!

Haa

Schlrp

Lieber
Gott
...

Haa

Ah!

Mmh
...

Schlrp

Schlrp

Haa

Schlrp

Aaah
...

Haa

Mmh! Aah!

... deinen neuen Gebieter besser zu verstehen.

Das ist eine einmalige Chance für dich ...

Du hast einem Vampir noch nie beim Essen zugesehen, oder?

Hör bitte ... auf!

Vampire heilen ihre Wunden durch Blutsaugen.

Sie belohnen den Menschen, der ihnen sein Blut schenkt ...

Nein ...

Sie leben in der Dunkelheit und saugen das Blut von Menschen.

Vampire!

!

Wie reagiert ein Mensch ...

... mit einem Aphrodisiakum, das sie ihm einflößen.

Fwuusch

Schnipp

Mir ist jetzt klar geworden, dass die Schwester dringender Pflege benötigt.

Ke he

Pack

Ich nehme sie an mich.

Was soll das?

Kapitel 38

Jedes Mal, wenn ich von Vampirüberfällen gehört habe, habe ich mich gefragt ...

... warum sich die Opfer nicht gewehrt haben.

Nein ...

Es ist in Ordnung ...

Ähm ...

Verzeihung ... Hat das weh-getan?

...

»Das Blut eines Menschen, der vor Lust dahin-schmilzt, schmeckt am allerbesten.«

Jetzt verstehe ich, warum man sagt, Vampire wären herzlose Bestien.

144

Das ist doch seltsam.

Ah!

Brzz

Nein!

Wieso sonst würdest du freiwillig mit einem Vampir an so einen abgelegenen Ort kommen?

»Solange ich Spaß habe, ist mir alles egal.«

Krack

Klirr

... ist voller Laster.

Zupp

Diese Bestie ...

»Was bedeute ich dir eigentlich?«

»Überhaupt nichts.«

Alle Menschen haben Laster!

A... Außerdem ...

... bin ich mir sicher, dass Richter sein sündhaftes Verhalten irgendwann einsieht und sich bessert!

Das stachelt ihn nur noch mehr an.

A... Aber, wenn ich mich anstrenge ...

Nein!

Völlig unmöglich!

?!!

Man versteht Richter leicht falsch ...

Sie ist viel zu schade für so einen verdorbenen Mistkerl.

Bibber

Haah ...

Bibber

Aber ...

... aber ...

... er hat ein wirklich gutes Herz.

Ähm ... Lawrence ...

Ich liebe seine
kraftvollen Worte,
die nur ein Vampir
sagen kann.

Ähm ...

Lie...
be ...

Ja!

Wieso ...?

Du
»liebst«
sie?

Bamm

Kapitel 39

Du musst dich aus-ruhen!

...

Fwp ...

Sst ...
スゥ...

Heute bist du aber be- sonders wider- spens- tig.

Vampi- re sind herzlose Bestien.

Nein, ich ...

Niemals!

Dann schlaf ne- ben mir.

Wenn du dich nicht ausruhst, kippst du womöglich noch ...

... um ...

... und ihre fleischli- chen Ge- lüste zu befriedi- gen.

Sie sau- gen Blut, um ihren Hunger zu stil- len ...

Taumel

Erna?

Domp

... danke für diese Mahlzeit.

Lieber Gott ...

Guten Appetit.

Danke, Lawrence!

はぐ

ぐぅ

Happs

Natür-lich.

Ich soll die Schwester aufpäppeln, damit du deine Gelüste an ihr befriedigen kannst?

Richter ?!

ぱし Klatsch

Woher kommen die Zutaten für diese Speisen überhaupt?

Alicia hat sie mir mitgegeben ...

... und Lawrence hat sie zubereitet.

Er ist die fleischgewordene Begierde.

Ohne die Schwester kriege ich nicht, was ich will.

Ein normaler Mensch ...

... hätte mir widersprochen und die Situation schöngeredet.

Er hätte gesagt, Erna sei ihm wichtig.

Sie hat plötzlich wieder damit angefangen, mir Gottes Wort zu predigen, also hat sie es nicht anders gewollt.

Lass sie in ihrem Bett schlafen!

Spannen gehört sich aber nicht.

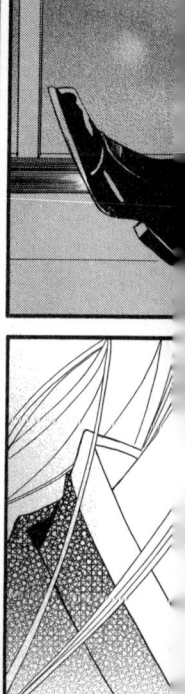

So ist es wärmer.

Küss
ちゅ

Mh ...

Du bist nicht einfach nur ein Mistkerl ...

... sondern ein aufrichtiger Mistkerl.

... die man nicht einmal schönreden muss ...

Echte »Begierde« ...

Das ist der Unterschied zwischen uns.

Verzeihung, ich war ungerecht.

Warum hast du mich in deinen Dienst aufgenommen?

... doch ich habe sie nur ausgenutzt.

Wahrscheinlich haben mich einige der Frauen wirklich geliebt ...

... gierig ans Leben geklammert und bin zu einem Wesen verkommen, das nicht einmal mehr menschlich ist.

Ich habe mich sogar nach meinem Tod noch ...

Ich habe sogar meiner Herrin, die ich am meisten von allen beschützen wollte, Schmerz zugefügt.

Genau deshalb.

Genau deshalb gefällst du mir.

... und jetzt hast du dich auch noch einem Vampir angeschlossen.

Nicht mal der Tod konnte dich von deiner Besessenheit heilen ...

Es gibt kei-
nen besseren
Begleiter für
mich als einen
Geist, der sich
von Gott ab-
gewandt hat.

Ich verstehe
diese Vampire
immer noch
nicht ...

»Ich
liebe seine
kraftvollen
Worte ...

...
aber
...

... die nur ein
Vampir sagen
kann.«

...
Richter
...

Ich be-
schütze
dich ...

... denn
auch ich habe
Gefallen an dir
gefunden.

Danke ...

Ke
he

...
gnädiger
Vampir.

... geschworen, ihm zu dienen.

... habe ich ein wenig Verständnis für ihn entwickelt und *auf seine Bitte hin* ...

Mit anderen Worten ...

Ooh!

Zu dieser unschönen Erkenntnis bin ich gekommen.

Ähm ...

こくこくこく
Nick Nick Nick Nick

Endlich verstehen sie sich.

Vampire und Geister sind im Grunde genommen gleich.

Sie sind verdorbene Mistkerle, die Frauen zum Weinen bringen.

Hm?

Aber ...

Hat Richter ihr etwa auch die Nonnenkluft geschenkt?

Menschen sind eigentlich noch verdorbener als Vampire.

Er will vollkommen Besitz von ihr ergreifen!

... die Begierden eines Vampirs ...

... sind vollkommen aufrichtig.

Tapp
たたた
Tapp
Tapp

Da... Darf ich Sie etwas fragen?

Es gibt in dieser Gegend Magie, nicht wahr?

... dass das Aphrodisiakum wegen der Magie noch stärker wirkt?!

Kann es sein ...

... und manchmal rast mein Herz, wenn ich nur bei ihm bin.

... wäh-rend des Blutsaugens kaum noch gegen ihn ...

... ka... kann ich mich ...

... weh-ren ...

Wie bitte?

Ich glau-be kaum, dass Ma-gie etwas damit zu tun hat.

Gestern habe ich vor Scham die Augen geschlossen und bin dann einfach eingeschlafen ...

Hyaah!

Ähm ... Also ...

I... In letzter Zeit ...

Du liebst Richter, nicht wahr?

Nein, ich mei-ne ...

Ich respektiere ihn sehr.

Ja! Natürlich!

... du liebst ihn als Mann.

Zwischenakt: Ein Tag auf dem Anwesen

Hier entlang.

Aaaaaah!

Pack

Hm?

Wo ist nochmal der Speisesaal?

Rechts ...

... oder links?

Was ist denn passiert?

Nein, nein!

Ich komme allein zurecht! Wirklich!

Warum ist er nicht bei dir?

Entschuldige. Ich wollte dich nicht erschrecken.

Eigentlich hatte ich Richter darum gebeten, dir den Weg zu zeigen.

Ich habe bloß einige sehr, sehr gruselige Erinnerungen an ein anderes Mal auf einem anderen Anwesen, als ich mich auch verlaufen habe ...

Zwischenakt: Ein Tag auf dem Anwesen / Ende

Ke he

Ke he

Es waren ein-
mal ein Vampir
und eine Ordens-
schwester, die
auf einem Anwe-
sen zusammen-
lebten.

Heilige
Schwes-
ter.

Ich hoffe,
du lässt dich
auf ein wei-
teres großes
Abenteuer
ein.

Eines
Nachts
…

… er-
eignete
sich fol-
gende Ge-
schichte.

Hm …

Zuck.

Sister & Vampire

... mein »verlorenes Schäfchen«.

Ke he

Komm, ich zeige dir den Weg ...

Sst

Schäm

Ka

はっさ Wpp

はっさ

Krack

はっさ Wpp

Wie peinlich! Aber diese Tage lasse ich jetzt hinter mir!

Ich hänge sie an die Türknäufe. Dann verlaufe ich mich bestimmt nicht mehr!

Sie sehen aus wie Kruzifixe!

Es ist fast so, als würde Gott mir den Weg weisen!

Freu はっさ

ぱっさ Freu

Mein Plan ist fertig ...

... aber er passt nicht zu den Kreuzen, die ich überall als Wegweiser aufgehängt habe.

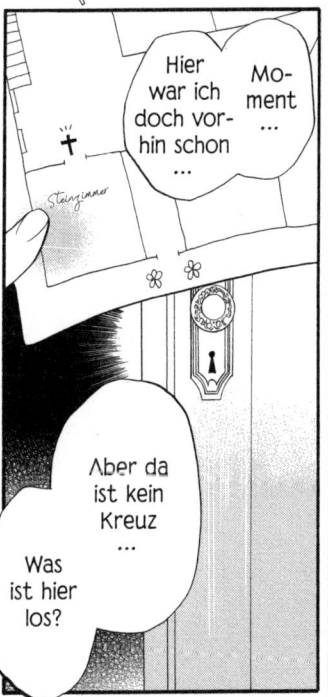

Hier war ich doch vorhin schon ...

Mo- ment ...

Aber da ist kein Kreuz ...

Was ist hier los?

... dachte ich zumin- dest ...

Finsternis

Das ...

Tapp

Tapp

Ich bin immer noch völlig orientierungslos!

Määäh
Mɪ〜

Raschel
君たち

Ke he

Raschel

Er
...

... ist sicher genervt von mir.

Grins
にい...

... diese Kruzifixe ...

Überall ...

Was?

Zuck

Nein ...

In Ord-nung.

Hör mir zu!

!

Grapsch

Ah?!!

Lass uns unse-re Kräfte messen ...

... heilige Schwester.

Ich werde dich nicht gewinnen lassen ...

... nur weil du ein süßes, kleines Schäfchen bist.

Leck

...

Flomp

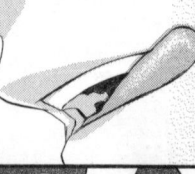

Du machst mir ja richtig Angst. Gleich fange ich an zu weinen.

Vampire hassen Kruzifixe.

Zuck

Das Aphrodisiakum ...

... es ...

Raschel

Pack-

Ah!

Wupp

Ich habe nicht richtig nachgedacht.

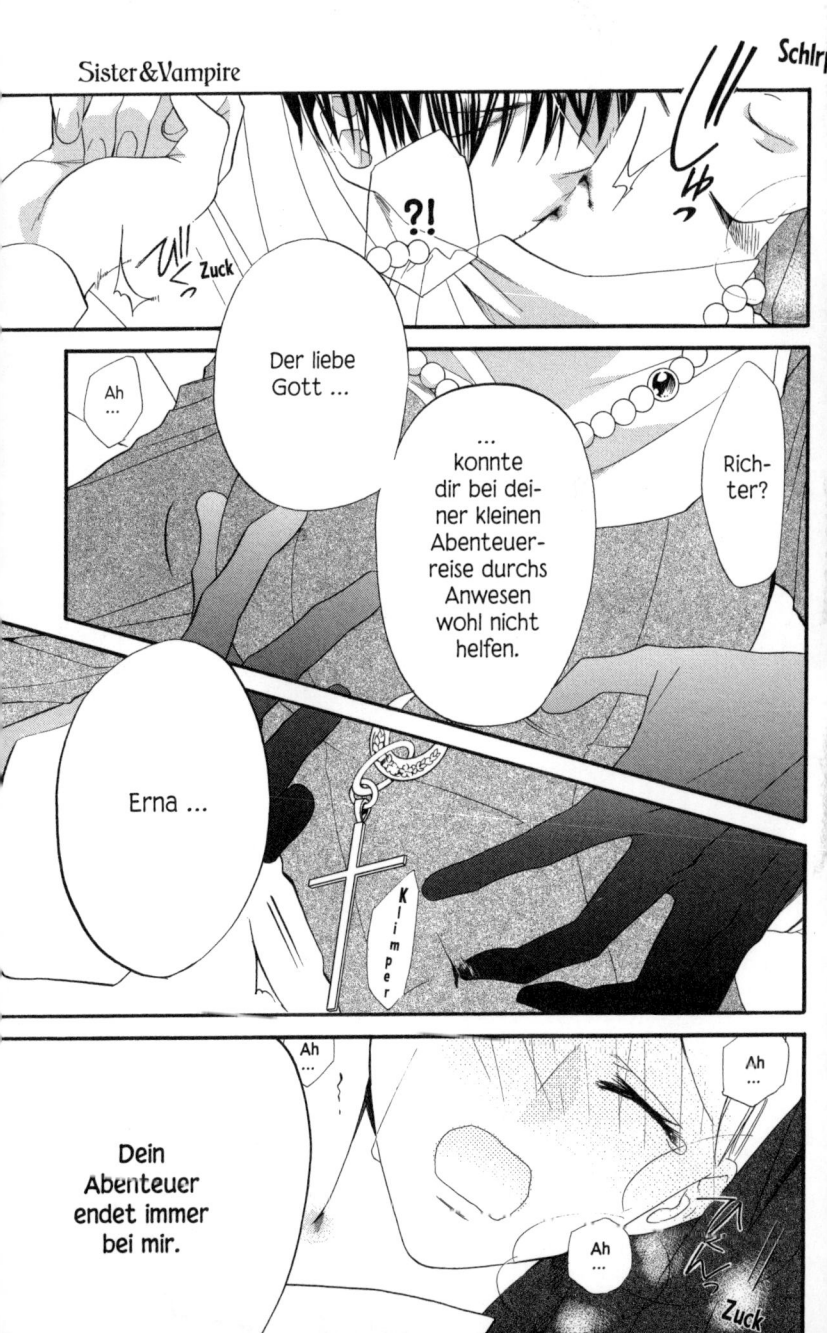

Nimm dich beim nächsten Mal besser vor dem bösen Monster in Acht.

Krieee

Bamm

Bestie!!

… hatte gerade erst begonnen …

Die Nacht auf dem Anwesen …

Sister & Vampire 5 / Ende

Law-
rence?!

Dieser
Vampir ist
doch nur ein
verdorbener
Mistkerl.

Ich wer-
de dir nie
wieder zur
Last fallen,
Richter!

Ach
ja?

*Aber
an-
schei-
nend
...*

Na...

Natürlich
habe ich
das!

Du hast den
Weg gefunden,
ohne dich zu
verlaufen?

Kriee

*... sorgt er
sich ständig um
die Schwester.*

Sei still,
Geist!

So, jetzt
reicht's
aber!

Zuck

Ah!

Ah!

Rich-
ter!

Nachtrag: Ein Tag auf dem Anwesen /
Ende

Game – Lust ohne Liebe

Mai Nishikata

Sayo ist eine echte Karrierefrau. Doch das schreckt die Männer ab. Keiner von ihnen scheint mit einer Frau umgehen zu können, die erfolgreicher ist als er. Frustriert lässt sie sich auf ein erotisches Spiel mit ihrem neuen Kollegen ein: Nur Sex, keine Gefühle lautet die Devise!

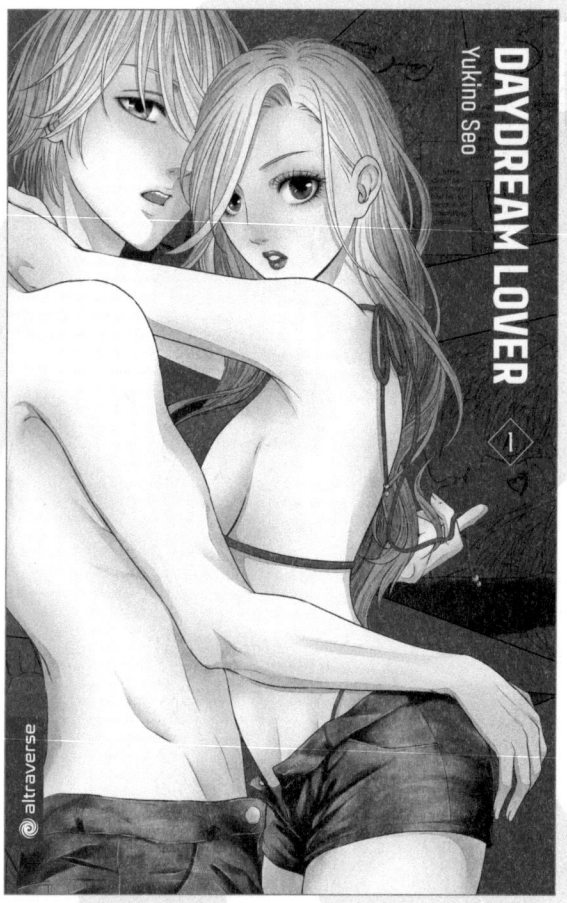

Daydream Lover

Yukino Seo

Jun sieht aus wie ein sexy Vamp, aber eigentlich ist sie ein schüchternes Mauerblümchen – und immer noch Jungfrau! Wann immer ihr ein süßer Typ begegnet, flüchtet sie sich in ihre erotischen Tagträume. Dabei wohnt der Mann ihrer Träume gleich nebenan ...

altraverse

Deutsche Ausgabe / German Edition
Altraverse GmbH – Hamburg 2019
Aus dem Japanischen von Luise Steggewentz

SISTER TO VAMPIRE by Akatsuki
© Akatsuki 2018
All rights reserved.
First published in Japan in 2018 by HAKUSENSHA, Inc., Tokyo.
German language translation rights arranged with HAKUSENSHA, Inc., Tokyo
through Tuttle-Mori Agency, Inc.

Redaktion: Katrin Aust
Herstellung: Jacqueline Bradtke
Lettering: Vibrant Publishing Studio

Druck: CPI books GmbH, Leck
Printed in Germany

Alle deutschen Rechte vorbehalten.
ISBN 978-3-96358-318-6
1. Auflage 2019

www.altraverse.de